SALOMÉ

OSCAR WILDE

SALOMÉ

Drame en un Acte

PARIS

Edition à petit nombre

IMPRIMÉE POUR LES SOUSCRIPTEURS

1907

A Mon Ami

PIERRE LOUŸS

PERSONNES :

HERODE ANTIPAS. . . .	Tétrarque de Judée.
IOKANAAN	Le Prophète.
LE JEUNE SYRIEN. . . .	Capitaine de la Garde.
TIGELLIN	Un jeune Romain.
UN CAPPADOCIEN.	
UN NUBIEN.	
PREMIER SOLDAT.	
SECOND SOLDAT.	
LE PAGE D'HÉRODIAS.	
DES JUIFS, DES NAZAREENS, etc.	
UN ESCLAVE.	
NAAMAN.	Le Bourreau.
HERODIAS	Femme du Tétrarque.
SALOME	Fille d'Hérodias.
LES ESCLAVES DE SALOMÉ.	

SALOMÉ

SCÈNE

(Une grande terrasse dans le Palais d'Hérode donnant sur la salle de festin. Des soldats sont accoudés sur le balcon. A droite il y a un énorme escalier. A gauche, au fond, une ancienne citerne entourée d'un mur de bronze vert. Clair de lune).

LE JEUNE SYRIEN :

Comme la princesse Salomé est belle ce soir !

LE PAGE D'HÉRODIAS :

Regardez la lune. La lune a l'air étrange. On dirait une femme qui sort d'un tombeau. Elle ressemble à une femme morte. On dirait qu'elle cherche des morts.

LE JEUNE SYRIEN :

Elle a l'air très étrange. Elle ressemble à une petite princesse qui porte un voile jaune, et a des pieds d'argent. Elle ressemble à une princesse qui a des pieds comme des petites colombes blanches..., on dirait qu'elle danse.

LE PAGE D'HÉRODIAS :

Elle est comme une femme morte. Elle va très lentement. (*Bruit dans la salle de festin*).

PREMIER SOLDAT :

Quel vacarme! Qui sont ces bêtes fauves qui hurlent?

SECOND SOLDAT :

Les Juifs. Ils sont toujours ainsi. C'est sur leur religion qu'ils discutent.

PREMIER SOLDAT :

Pourquoi discutent-ils sur leur religion?

SECOND SOLDAT :

Je ne sais pas. Ils le font toujours... Ainsi les Pharisiens affirment qu'il y a des anges, et les Sadducéens disent que les anges n'existent pas.

PREMIER SOLDAT :

Je trouve que c'est ridicule de discuter sur de telles choses.

LE JEUNE SYRIEN :

Comme la princesse Salomé est belle ce soir!

LE PAGE D'HÉRODIAS :

Vous la regardez toujours. Vous la regardez trop. Il ne faut pas regarder les gens de cette façon... Il peut arriver un malheur.

LE JEUNE SYRIEN :

Elle est très belle ce soir.

PREMIER SOLDAT :

Le tétrarque a l'air sombre.

SECOND SOLDAT :

Oui, il a l'air sombre.

PREMIER SOLDAT :

Il regarde quelque chose.

SECOND SOLDAT :

Il regarde quelqu'un.

PREMIER SOLDAT :

Qui regarde-t-il.

SECOND SOLDAT :

Je ne sais pas.

LE JEUNE SYRIEN :

Comme la princesse est pâle ! Jamais je ne l'ai vue si pâle. Elle ressemble aux reflets d'une rose blanche dans un miroir d'argent.

LE PAGE D'HÉRODIAS :

Il ne faut pas la regarder. Vous la regardez trop !

PREMIER SOLDAT :

Hérodias a versé à boire au tétrarque.

LE CAPPADOCIEN :

C'est la reine Hérodias, celle-là qui porte la mitre noire semée de perles et qui a les cheveux poudrés de bleu.

PREMIER SOLDAT :

Oui, c'est Hérodias. C'est la femme du tétrarque.

SECOND SOLDAT :

Le tétrarque aime beaucoup le vin. Il possède des vins de trois espèces. Un qui vient de l'île de Samothrace, qui est pourpre comme le manteau de César.

LE CAPPADOCIEN :

Je n'ai jamais vu César.

SECOND SOLDAT :

Un autre qui vient de l'île de Chypre, qui est jaune comme de l'or.

LE CAPPADOCIEN :

J'aime beaucoup l'or.

SECOND SOLDAT :

Et le troisième qui est un vin sicilien. Ce vin-là est rouge comme le sang.

LE NUBIEN :

Les dieux de mon pays aiment beaucoup le sang. Deux fois par an nous leur sacrifions des jeunes hommes et des vierges : cinquante jeunes hommes et cent vierges. Mais il semble que nous ne leur donnons jamais assez, car ils sont très durs envers nous.

LE CAPPADOCIEN :

Dans mon pays, il n'y a pas de dieux à présent, les Romains les ont chassés. Il y en a qui disent qu'ils se sont réfugiés dans les montagnes, mais je ne le crois pas. Moi, j'ai passé trois nuits sur les montagnes, les cherchant partout. Je ne les ai pas trouvés. Enfin je les ai appelés par leurs noms et ils n'ont pas paru. Je pense qu'ils sont morts.

PREMIER SOLDAT :

Les Juifs adorent un Dieu qu'on ne peut pas voir.

LE CAPPADOCIEN :

Je ne peux pas comprendre cela.

PREMIER SOLDAT :

Enfin, ils ne croient qu'aux choses qu'on ne peut pas voir.

LE CAPPADOCIEN :

Cela me semble absolument ridicule.

LA VOIX D'IOKANAAN :

Après moi viendra un autre encore plus puissant que moi. Je ne suis pas digne même de délier la courroie de ses sandales. Quand il viendra, la terre déserte se réjouira. Elle fleurira comme le lys. Les yeux des aveugles verront le jour, et les oreilles des sourds seront ouvertes... Le nouveau-né mettra sa main sur le nid des dragons, et mènera les lions par leur crinière.

SECOND SOLDAT :

Faites-le taire. Il dit toujours des choses absurdes.

PREMIER SOLDAT :

Mais non; c'est un saint homme. Il est très doux aussi. Chaque jour, je lui donne à manger. Il me remercie toujours.

LE CAPPADOCIEN :

Qui est-ce?

PREMIER SOLDAT :

C'est un prophète.

LE CAPPADOCIEN :

Quel est son nom?

PREMIER SOLDAT :

Iokanaan.

LE CAPPADOCIEN :

D'où vient-il?

PREMIER SOLDAT :

Du désert, où il se nourrissait de sauterelles et de miel sauvage. Il était vêtu de poil de chameau, et autour de ses reins il portait une ceinture de cuir. Son aspect était très farouche. Une grande foule le suivait. Il avait même des disciples.

LE CAPPADOCIEN :

De quoi parle-t-il?

PREMIER SOLDAT :

Nous ne savons jamais. Quelquefois il dit des choses épouvantables, mais il est impossible de le comprendre.

LE CAPPADOCIEN :

Peut-on le voir?

PREMIER SOLDAT :

Non. Le tétrarque ne le permet pas.

LE JEUNE SYRIEN :

La Princesse a caché son visage derrière son éventail! Ses petites mains blanches s'agitent comme des colombes qui s'envolent vers leur colombier. Elles ressemblent à des papillons blancs. Elles sont tout à fait comme des papillons blancs.

LE PAGE D'HÉRODIAS :

Mais qu'est-ce que cela vous fait? Pourquoi la regarder? Il ne faut pas la regarder... Il peut arriver un malheur.

LE CAPPADOCIEN (*montrant la citerne*) :

Quelle étrange prison!

SECOND SOLDAT :

C'est une ancienne citerne.

LE CAPPADOCIEN :

Une ancienne citerne! Cela doit être très malsain.

SECOND SOLDAT :

Mais non. Par exemple, le frère du tétrarque, son frère aîné, le premier mari de la reine Hérodias, a été enfermé là-dedans pendant douze années. Il n'en est pas mort. A la fin il a fallu l'étrangler.

LE CAPPADOCIEN :

L'étrangler? Qui a osé faire cela?

SECOND SOLDAT (*montrant le bourreau, un grand nègre*) :

Celui-là, Naaman.

LE CAPPADOCIEN :

Il n'a pas eu peur.

SECOND SOLDAT :

Mais non. Le tétrarque lui a envoyé la bague.

LE CAPPADOCIEN :

Quelle bague !

SECOND SOLDAT :

La bague de la mort. Ainsi, il n'a pas eu peur.

LE CAPPADOCIEN :

Cependant, c'est terrible d'étrangler un roi.

PREMIER SOLDAT :

Pourquoi? Les rois n'ont qu'un cou, comme les autres hommes.

LE CAPPADOCIEN :

Il me semble que c'est terrible.

LE JEUNE SYRIEN :

Mais la Princesse se lève! Elle quitte la table! Elle a l'air très ennuyée. Ah! Elle vient par ici. Oui, elle vient vers nous. Comme elle est pâle. Jamais je ne l'ai vue si pâle...

LE PAGE D'HÉRODIAS :

Ne la regardez pas. Je vous prie de ne pas la regarder.

LE JEUNE SYRIEN :

Elle est comme une colombe qui s'est égarée... Elle est comme un narcisse agité du vent... Elle ressemble à une fleur d'argent.

Entre Salomé

SALOMÉ :

Je ne reste pas. Je ne peux pas rester. Pourquoi le tétrarque me regarde-t-il toujours avec ses yeux de taupe sous ses paupières tremblantes ?... C'est étrange que le mari de ma mère me regarde comme cela. Je ne sais pas ce que cela veut dire... Au fait, si, je le sais.

LE JEUNE SYRIEN :

Vous venez de quitter le festin, Princesse ?

SALOMÉ :

Comme l'air est frais ici ! Enfin, ici on respire ! Là dedans il y a des Juifs de Jérusalem qui se déchirent à cause de leurs ridicules cérémonies, et des barbares qui boivent toujours et jettent leur vin sur les dalles, et des Grecs de Smyrne avec leurs yeux peints et leurs joues fardées, et leurs cheveux frisés en spirales, et des Egyptiens, silencieux, subtils, avec leurs ongles de jade, et leurs manteaux bruns, et des

Romains avec leur brutalité, leur lourdeur, leurs gros mots. Ah! que je déteste les Romains! Ce sont des gens communs, ils se donnent des airs de grands seigneurs.

LE JEUNE SYRIEN :

Ne voulez-vous pas vous asseoir, Princesse?

LE PAGE D'HÉRODIAS :

Pourquoi lui parler! Pourquoi la regarder? Oh! il va arriver un malheur.

SALOMÉ :

Que c'est bon de voir la lune! Elle ressemble à une petite pièce de monnaie. On dirait une toute petite fleur d'argent. Elle est froide et chaste, la lune... Je suis sûre qu'elle est vierge. Elle a la beauté d'une vierge... Oui, elle est vierge. Elle ne s'est jamais souillée. Elle ne s'est jamais donnée aux hommes, comme les autres Déesses.

LA VOIX D'IOKANAAN :

Il est venu, le Seigneur? Il est venu le fils de l'Homme. Les Centaures se sont cachés dans les rivières, et les Sirènes ont quitté les rivières et couchent sous les feuilles dans les forêts.

SALOMÉ :

Qui a crié cela?

SECOND SOLDAT :

C'est le prophète, Princesse.

SALOMÉ :

Ah! le prophète, celui dont le tétrarque a peur.

SECOND SOLDAT :

Nous ne savons rien de cela, Princesse. C'est le prophète Iokanaan.

LE JEUNE SYRIEN :

Voulez-vous que je commande votre litière, Princesse? Il fait très beau dans le jardin.

SALOMÉ :

Il dit des choses monstrueuses à propos de ma mère, n'est-ce pas?

SECOND SOLDAT :

Nous ne comprenons jamais ce qu'il dit, Princesse.

SALOMÉ :

Oui, il dit des choses monstrueuses d'elle.

UN ESCLAVE :

Princesse, le tétrarque vous prie de retourner au festin.

SALOMÉ :

Je n'y retournerai pas.

LE JEUNE SYRIEN :

Pardon, Princesse, mais si vous n'y retourniez pas il pourrait arriver un malheur.

SALOMÉ :

Est-ce un vieillard, le prophète.

LE JEUNE SYRIEN :

Princesse, il vaudrait mieux retourner. Permettez-moi de vous reconduire.

SALOMÉ :

Le prophète... est-ce un vieillard?

PREMIER SOLDAT :

Non, Princesse, c'est un tout jeune homme.

SECOND SOLDAT :

On ne le sait pas. Il y en a qui disent que c'est Elie.

SALOMÉ :

Qui est-ce Elie?

SECOND SOLDAT :

Un très ancien prophète de ce pays, Princesse.

UN ESCLAVE :

Quelle réponse dois-je donner au tétrarque de la part de la Princesse?

LA VOIX D'IOKANAAN :

Ne te réjouis point, terre de Palestine, parce que la verge de celui qui te frappait a été brisée. C'est de la race du serpent, il sortira un basilic, et ce qui en naîtra dévorera les oiseaux.

SALOMÉ :

Quelle étrange voix! Je voudrais bien lui parler.

PREMIER SOLDAT :

J'ai peur que ce soit impossible, Princesse. Le tétrarque ne veut pas qu'on lui parle. Il a même défendu au grand prêtre de lui parler.

SALOMÉ :

Je veux lui parler.

PREMIER SOLDAT :

C'est impossible, Princesse.

SALOMÉ :

Je le veux.

LE JEUNE SYRIEN :

En effet, Princesse, il vaudrait mieux retourner au festin.

SALOMÉ :

Faites sortir le prophète.

PREMIER SOLDAT :

Nous n'osons pas, Princesse.

SALOMÉ *(s'approchant de la citerne et y regardant)* :

Comme il fait noir, là-dedans ! Cela doit être terrible d'être dans un trou si noir ! Cela ressemble à une tombe... *(aux soldats)* vous ne m'avez pas entendue ? Faites-le sortir. Je veux le voir.

SECOND SOLDAT :

Je vous prie, Princesse, de ne pas nous demander cela.

SALOMÉ :

Vous me faites attendre.

PREMIER SOLDAT :

Princesse, nos vies vous appartiennent, mais nous ne pouvons pas faire ce que vous nous demandez... Enfin, ce n'est pas à nous qu'il faut vous adresser.

SALOMÉ (*regardant le jeune Syrien*) :

Ah !

LE PAGE D'HÉRODIAS :

Oh ! Qu'est-ce qu'il va arriver ? Je suis sûr qu'il va arriver un malheur.

SALOMÉ (*s'approchant du jeune Syrien*) :

Vous ferez cela pour moi, n'est-ce pas, Narraboth ? Vous ferez cela pour moi ? J'ai toujours été douce pour vous. N'est-ce pas que vous ferez cela pour moi ? Je veux seulement le regarder, cet étrange prophète. On a tant parlé de lui. J'ai si souvent entendu le tétrarque parler de lui. Je pense qu'il a peur de lui, le tétrarque. Je suis sûr qu'il a peur de lui... Est-ce que vous aussi, Narraboth, est-ce que vous aussi vous en avez peur ?

LE JEUNE SYRIEN :

Je n'ai pas peur de lui, Princesse, je n'ai peur de personne. Mais le tétrarque a formellement défendu qu'on lève le couvercle de ce puits.

SALOMÉ :

Vous ferez cela pour moi, Narraboth, et demain, quand je passerai dans ma litière, sous la porte des vendeurs d'idoles, je laisserai tomber une petite fleur pour vous, une petite fleur verte.

LE JEUNE SYRIEN :

Princesse, je ne peux pas, je ne peux pas.

SALOMÉ (*souriant*) :

Vous ferez cela pour moi, Narraboth. Vous savez bien que vous ferez cela pour moi. Et, demain, quand je passerai dans ma litière, sur le pont des acheteurs d'idoles, je vous regarderai à travers les voiles de mousseline, je vous regarderai, Narraboth, je vous sourirai, peut-être. Regardez-moi, Narraboth. Regardez-moi. Ah ! vous savez bien que vous allez faire ce que je vous demande. Vous le savez bien, n'est-ce pas ?... Moi, je le sais bien.

LE JEUNE SYRIEN (*faisant un signe au troisième soldat*) :

Faites sortir le prophète..., la princesse Salomé veut le voir.

SALOMÉ :

Ah !

LE PAGE D'HÉRODIAS :

Oh ! Comme la lune a l'air étrange ! On dirait la main d'une morte qui cherche à se couvrir avec un linceul.

LE JEUNE SYRIEN :

Elle a l'air très étrange. On dirait une petite princesse qui a des yeux d'ambre. A travers les nuages de mousseline elle sourit comme une petite princesse.
(Le prophète sort de la citerne. Salomé le regarde et recule).

IOKANAAN :

Où est celui dont la coupe d'abomination est déjà pleine ? Où est celui qui, en robe d'argent, mourra un jour devant tout le peuple ? Dites-lui de venir afin qu'il puisse entendre la voix de celui qui a crié dans les déserts et dans les palais des rois.

SALOMÉ :

De qui parle-t-il ?

LE JEUNE SYRIEN :

On ne sait jamais, Princesse.

IOKANAAN :

Où est celle qui, ayant vu des hommes peints sur

la muraille, des images de Chaldéens tracées avec des couleurs, s'est laissée emporter à la concupiscence de ses yeux, et a envoyé des ambassadeurs en Chaldée.

SALOMÉ :

C'est de ma mère qu'il parle.

LE JEUNE SYRIEN :

Mais non, Princesse.

SALOMÉ

Si, c'est de ma mère.

IOKANAAN :

Où est celle qui s'est abandonnée au capitaine des Assyriens, qui ont des baudriers sur les reins, et sur la tête des tirades de différentes couleurs! Où est celle qui s'est abandonnée aux jeunes hommes d'Egyte qui sont vêtus de lin et d'hyacinthe, et portant des boucliers d'or et des casques d'argent, et qui ont de grands corps. Dites-lui de se lever de la couche de son impudicité, de sa couche incestueuse, afin qu'elle puisse entendre les paroles de celui qui prépare la voie du Seigneur; afin qu'elle se repente de ses péchés. Quoiqu'elle ne se repentira jamais, mais restera dans ses abominations, dites-lui de venir, car le Seigneur a son fléau dans la main.

SALOMÉ :

Mais il est terrible, il est terrible.

LE JEUNE SYRIEN :

Ne restez pas ici, Princesse, je vous en prie.

SALOMÉ :

Ce sont les yeux surtout qui sont terribles. On dirait des trous noirs laissés par des flambeaux sur une tapisserie de Tyr. On dirait des cavernes noires où demeurent des dragons, des cavernes noires d'Égypte où les dragons trouvent leur asile. On dirait des lacs noirs troublés par des lacs fantastiques... Pensez-vous qu'il parlera encore ?

LE JEUNE SYRIEN :

Ne restez pas ici, Princesse, je vous prie de ne pas rester ici.

SALOMÉ :

Comme il est maigre aussi ! Il ressemble à une mince image d'ivoire. On dirait une image d'argent. Je suis sûre qu'il est chaste, autant que la lune. Il ressemble à un rayon de lune, à un rayon d'argent. Sa chair doit être très froide, comme de l'ivoire... Je veux le regarder de près.

LE JEUNE SYRIEN :

Non, non, Princesse.

SALOMÉ :

Il faut que je le regarde de près.

LE JEUNE SYRIEN :

Princesse! Princesse!

IOKANAAN :

Qui est cette femme qui me regarde? Je ne veux pas qu'elle me regarde. Pourquoi me regarde-t-elle avec ses yeux d'or sous ses paupières dorées? Je ne sais pas qui c'est. Je ne veux pas le savoir. Dites-lui de s'en aller. Ce n'est pas à elle que je veux parler.

SALOMÉ :

Je suis Salomé, fille d'Hérodias, princesse de Judée.

IOKANAAN :

Arrière! Fille de Babylone! N'approchez pas de l'élu du Seigneur. Ta mère a rempli la terre du vin de ses iniquités, et le cri de ses péchés est arrivé aux oreilles de Dieu.

SALOMÉ :

Parle encore, Iokanaan. Ta voix m'enivre :

LE JEUNE SYRIEN :

Princesse! Princesse! Princesse!

SALOMÉ :

Mais parle encore. Parle encore Iokanaan, et dis-moi ce qu'il faut que je fasse.

IOKANAAN :

Ne m'approchez pas, fille de Sodome, mais couvrez votre visage avec un voile, et mettez des cendres sur votre tête, et allez dans le désert chercher le fils de l'Homme.

SALOMÉ :

Qui est-ce le fils de l'Homme? Est-il aussi beau que toi, Iokanaan?

IOKANAAN :

Arrière! Arrière! J'entends dans le palais le battement des ailes de l'ange de la mort.

LE JEUNE SYRIEN :

Princesse, je vous supplie de rentrer!

IOKANAAN :

Ange du Seigneur Dieu, que fais-tu avec ton glaive? Qui cherches-tu dans cet immonde palais?... Le jour de celui qui mourra en robe d'argent n'est pas venu.

SALOMÉ :

Iokanaan.

IOKANAAN :

Qui parle?

SALOMÉ :

Iokanaan! Je suis amoureuse de ton corps. Ton corps est blanc comme le lys d'un pré que le faucheur n'a jamais fauché. Ton corps est blanc comme les neiges qui couchent sur les montagnes, comme les neiges qui couchent sur les montagnes de Judée et descendent dans les vallées. Les roses du jardin de la reine d'Arabie ne sont pas aussi blanches que ton corps. Ni les roses du jardin de la reine d'Arabie, du jardin parfumé de la reine d'Arabie, ni les pieds de l'aurore qui trépignent sur les feuilles, ni le sein de la lune quand elle couche sur le sein de la mer... Il n'y a rien au monde d'aussi blanc que ton corps. — Laisse-moi toucher ton corps!

IOKANAAN :

Arrière, fille de Babylone ! C'est par la femme que le mal est entré dans le monde. Ne me parlez pas. Je ne veux pas t'écouter. Je n'écoute que les paroles du Seigneur Dieu.

SALOMÉ :

Ton corps est hideux. Il est comme le corps d'un lépreux. Il est comme un mur de plâtre où les vipères sont passées, comme un mur de plâtre où les scorpions ont fait leur nid. Il est comme un sépulcre blanchi, et qui est plein de choses dégoûtantes. Il est horrible, il est horrible ton corps!... C'est de tes cheveux que je suis amoureuse, Iokanaan. Tes cheveux ressemblent à des grappes de raisins, à des grappes de raisins noirs qui pendent des vignes d'Edom dans les pays des Edomites. Tes cheveux sont comme les cèdres du Liban, comme les grands cèdres du Liban qui donnent de l'ombre aux lions et aux voleurs qui veulent se cacher pendant la journée. Les longues nuits noires, les nuits où la lune ne se montre pas, où les étoiles ont peur, ne sont pas aussi noires. Le silence qui demeure dans les forêts n'est pas aussi noir. Il n'y a rien au monde d'aussi noir que tes cheveux... Laisse-moi toucher tes cheveux.

IOKANAAN :

Arrière, fille de Sodome ! Ne me touchez pas. Il ne faut pas profaner le temple du Seigneur Dieu.

SALOMÉ :

Tes cheveux sont horribles. Ils sont couverts de boue et de poussière. On dirait une couronne d'épines qu'on a placée sur ton front. On dirait un nœud de serpents noirs qui se tortillent autour de ton cou. Je n'aime pas ton cou. Je n'aime pas tes cheveux... C'est de ta bouche que je suis amoureuse, Iokanaan. Ta bouche est comme une bande d'écarlate sur une tour d'ivoire. Elle est comme une pomme de grenade coupée par un couteau d'ivoire. Les fleurs de grenade, qui fleurissent dans les jardins de Tyr et sont plus rouges que les roses, ne sont pas aussi rouges. Les cris rouges des trompettes qui annoncent l'arrivée des rois, et font peur à l'ennemi, ne sont pas aussi rouges. Ta bouche est plus rouge que les pieds de ceux qui foulent le vin dans les pressoirs. Elle est plus rouge que les pieds des colombes qui demeurent dans les temples et sont nourries par les prêtres. Elle est plus rouge que les pieds de celui qui revient d'une forêt où il a tué un lion et vu des tigres dorés. Ta bouche est comme une branche de corail que des pêcheurs ont trouvée dans le crépuscule de la mer et qu'ils réservent pour les rois...! Elle est comme le vermillon que les Moabites trouvent dans les mines de Moab et que les rois leur prennent. Elle est comme l'arc du roi des Perses qui est peint avec du vermillon et qui a des cornes de corail. Il n'y a rien au monde d'aussi rouge que ta bouche... laisse-moi baiser ta bouche.

IOKANAAN :

Jamais ! Fille de Babylone ! Fille de Sodome jamais.

SALOMÉ :

Je baiserai ta bouche, Iokanaan. Je baiserai ta bouche.

LE JEUNE SYRIEN :

Princesse, Princesse, toi qui es comme un bouquet de myrrhe, toi qui es la colombe des colombes, ne regarde pas cet homme, ne le regarde pas ! Ne lui dis pas de telles choses. Je ne peux pas les souffrir... Princesse, Princesse, ne dis pas de ces choses.

SALOMÉ :

Je baiserai ta bouche Iokanaan.

LE JEUNE SYRIEN :

Ah !

(Il se tue et tombe entre Salomé et Iokanaan).

LE PAGE D'HÉRODIAS :

Le jeune Syrien s'est tué ! le jeune capitaine s'est tué ! Il s'est tué celui qui était mon ami ! Je lui avais donné une petite boîte de parfums, et des boucles d'oreilles faites en argent et maintenant il s'est tué ! Ah n'a-t-il pas prédit qu'un malheur allait arriver... Je l'ai prédit moi-même et il est arrivé. Je savais bien que la lune cherchait un mort, mais je ne savais pas que c'était lui qu'elle cherchait. Ah ! pourquoi ne l'ai-je pas caché de la lune ? Si je l'avais caché dans une caverne elle ne l'aurait pas vu.

LE PREMIER SOLDAT :

Princesse, le jeune capitaine vient de se tuer.

SALOMÉ :

Laisse-moi baiser ta bouche Iokanaan.

IOKANAAN :

N'avez-vous pas peur, fille d'Hérodias ? Ne vous ai-je pas dit que j'avais entendu dans le palais le battement des ailes de l'ange de la mort, et l'ange n'est-il pas venu ?

SALOMÉ :

Laisse-moi baiser ta bouche.

IOKANAAN :

Fille d'adultère, il n'y a qu'un homme qui puisse te sauver. C'est celui dont je t'ai parlé. Allez le chercher. Il est dans un bateau sur la mer de Galilée, et il parle à ses disciples. Agenouillez-vous au bord de la mer et appelez-le par son nom. Quand il viendra vers vous, et il vient vers tous ceux qui l'appellent, prosternez-vous à ses pieds et demandez-lui la rémission de vos péchés.

SALOMÉ :

Laisse-moi baiser ta bouche.

IOKANAAM :

Soyez maudite, fille d'une mère incestueuse, soyez maudite.

SALOMÉ :

Je baiserai ta bouche, Iokanaan.

IOKANAAN :

Je ne veux pas te regarder, je ne te regarderai pas. Tu es maudite. Salomé, tu es maudite.

(Il descend dans la citerne).

SALOMÉ :

Je baiserai ta bouche, Iokanaan, je baiserai ta bouche.

LE PREMIER SOLDAT :

Il faut faire transporter le cadavre ailleurs. Le tétrarque n'aime pas regarder les cadavres, sauf les cadavres de ceux qu'il a tués lui-même.

LE PAGE D'HÉRODIAS :

Il était mon frère, et plus proche qu'un frère. Je lui ai donné une petite boîte qui contenait des parfums et une bague d'agate qu'il portait toujours à la main. Le soir nous nous promenions au bord de la rivière et parmi les amandiers et il me racontait des choses de son pays. Il parlait toujours très bas. Le son de sa voix ressemblait au son de la flûte d'un joueur de flûte. Aussi il aimait beaucoup à se regarder dans la rivière. Je lui ai fait des reproches pour cela.

SECOND SOLDAT :

Vous avez raison; il faut cacher le cadavre. Il ne faut pas que le tétrarque le voie.

PREMIER SOLDAT :

Le tétrarque ne viendra pas ici. Il ne vient jamais sur la terrasse. Il a trop peur du prophète.

(Entrée d'Hérode, d'Hérodias et de toute la cour).

HÉRODE :

Où est Salomé ? Où est la Princesse ? Pourquoi

n'est-elle pas retournée au festin comme je le lui avais demandé ? ah ! la voilà !

HÉRODIAS :

Il ne faut pas la regarder. Vous la regarderez toujours.

HÉRODE :

La lune a l'air très étrange ce soir. N'est-ce pas que la lune a l'air très étrange ? On dirait une femme hystérique, une femme hystérique qui va cherchant des amants partout. Elle est nue aussi. Elle est toute nue. Les nuages cherchent à la vêtir, mais elle ne veut pas. Elle se montre toute nue dans le ciel. Elle chancelle à travers les nuages comme une femme ivre... Je suis sûr qu'elle cherche des amants... N'est-ce pas qu'elle chancelle comme une femme ivre ? Elle ressemble à une femme hystérique, n'est-ce pas.

HÉRODIAS :

Non. La lune ressemble à la lune, c'est tout. Rentrons... Vous n'avez rien à faire ici.

HÉRODE :

Je resterai ! Manassé, mettez des tapis là. Allumez des flambeaux. Apportez les tables d'ivoire et les tables de jaspe. L'air ici est délicieux. Je boirai encore du vin avec mes hôtes. Aux ambassadeurs de César il faut faire tout honneur.

HÉRODIAS :

Ce n'est pas à cause d'eux que vous restez.

HÉRODE :

Oui, l'air est délicieux. Viens Hérodias, nos hôtes nous attendent. Ah ! j'ai glissé ! j'ai glissé dans le sang ! C'est d'un mauvais présage. C'est d'un très mauvais présage. Pourquoi y a-t-il du sang ici ?... Et ce cadavre ? Que fait ici ce cadavre ? Pensez-vous que je sois comme le roi d'Egypte qui ne donne jamais un festin sans montrer un cadavre à ses hôtes ? Enfin, qui est-ce ? Je ne peux pas le regarder.

PREMIER SOLDAT :

C'est notre capitaine, Seigneur. C'est le jeune Syrien que vous avez fait capitaine il y a trois jours seulement.

HÉRODE :

Je n'ai donné aucun ordre de le tuer.

SECOND SOLDAT :

Il s'est tué lui-même, Seigneur.

HÉRODE :

Pourquoi ? Je l'ai fait capitaine !

SECOND SOLDAT :

Nous ne savons pas, Seigneur. Mais il s'est tué lui-même.

HÉRODE :

Cela me semble étrange. Je pensais qu'il n'y avait que les philosophes romains qui se tuaient. N'est-ce pas, Tigellin, que les philosophes à Rome se tuent?

TIGELLIN :

Il y en a qui se tuent, Seigneur. Ce sont les Stoïciens. Ce sont des gens très grossiers. Enfin, ce sont des gens très ridicules. Moi, je les trouve très ridicules.

HÉRODE :

Moi aussi. C'est ridicule de se tuer.

TIGELLIN :

On rit beaucoup d'eux à Rome. L'Empereur a fait un poème satirique contre eux. On le récite partout.

HÉRODE :

Ah ! Il a fait un poème satirique contre eux ! César

est merveilleux. Il peut tout faire... C'est étrange qu'il se soit tué le jeune Syrien. Je le regrette. Oui, je le regrette beaucoup. Car il était beau. Il était même très beau. Il avait des yeux très langoureux. Je me rappelle que je l'ai vu regarder Salomé d'une façon langoureuse ; en effet, j'ai trouvé qu'il l'avait un peu trop regardée.

HÉRODIAS :

Il y en a d'autres qui la regardent trop.

HÉRODE :

Son père était roi, je l'ai chassé de son royaume. Et de sa mère qui était reine vous avez fait une esclave, Hérodias. Ainsi, il était ici comme un hôte. C'était à cause de cela que je l'avais fait capitaine. Je regrette qu'il soit mort... Enfin, pourquoi avez-vous laissé le cadavre ici ? il faut l'emporter ailleurs. Je ne veux pas le voir... Emportez-le... (*On emporte le cadavre*). Il fait froid ici. Il y a du vent ici. N'est-ce pas qu'il y a du vent ici ?...

HÉRODIAS :

Mais non. Il n'y a pas de vent.

HÉRODE :

Mais si, il y a du vent... Et j'entends dans l'air

quelque chose comme un battement d'ailes, comme un battement d'ailes gigantesque. Ne l'entendez-vous pas ?

HÉRODIAS :

Je n'entends rien.

HÉRODE :

Je ne l'entends plus moi-même, mais je l'ai entendu. C'était le vent sans doute. C'est passé. Mais non, je l'entends encore. Ne l'entendez-vous pas ! C'est tout à fait comme un battement d'ailes.

HÉRODIAS :

Je vous dis qu'il n'y a rien. Vous êtes malade. Rentrons.

HÉRODE :

Je ne suis pas malade. C'est votre fille qui est malade. Elle a l'air très malade votre fille. Jamais je ne l'ai vue si pâle.

HÉRODIAS :

Je vous ai dit de ne pas la regarder.

HÉRODE :

Versez du vin. (*On apporte du vin*). Salomé, venez boire

un peu de vin avec moi. J'ai un vin ici qui est exquis. C'est César lui-même qui me l'a envoyé. Trempez là-dedans votre petite lèvre rouge et ensuite je viderai la coupe.

SALOMÉ :

Je n'ai pas soif, tétrarque.

HÉRODE :

Vous entendez comme elle me répond, votre fille.

HÉRODIAS :

Je trouve qu'elle a bien raison. Pourquoi la regardez-vous toujours ?

HÉRODE :

Apportez des fruits. (*On apporte des fruits*). Salomé, venez manger du fruit avec moi. J'aime beaucoup voir dans un fruit la morsure de tes petites dents. Mordez un tout petit morceau de ce fruit, et ensuite je mangerai ce qui reste.

SALOMÉ :

Je n'ai pas faim, tétrarque.

HÉRODE (*à Hérodias*) :

Voilà comment vous l'avez élevée, votre fille.

HÉRODIAS :

Ma fille et moi, nous descendons d'une race royale, quant à toi, ton grand-père gardait des chameaux ! aussi c'était un voleur !

HÉRODE :

Tu mens !

HÉRODIAS :

Tu sais bien que c'est la vérité.

HÉRODE :

Salomé, viens t'asseoir près de moi, je te donnerai le trône de ta mère.

SALOMÉ :

Je ne suis pas fatiguée, tétrarque.

HÉRODIAS :

Vous voyez bien ce qu'elle pense de vous.

HÉRODE :

Apportez... Qu'est-ce que je veux ? Je ne sais pas. Ah ! Ah ! je m'en souviens...

LA VOIX D'IOKANAAN :

Voici le temps ! Ce que j'ai prédit est arrivé, dit le Seigneur Dieu. Voici le jour dont j'avais parlé.

HÉRODIAS :

Faites-le taire. Je ne veux pas entendre sa voix. Cet homme vomit toujours des injures contre moi.

HÉRODE :

Je n'ai rien dit contre vous. Aussi, c'est un grand prophète.

HÉRODIAS :

Je ne crois pas aux prophètes. Est-ce qu'un homme peut dire ce qui doit arriver ? Personne ne le sait. Aussi, il m'insulte toujours. Mais je pense que vous avez peur de lui... Enfin, je sais bien que vous avez peur de lui.

HÉRODE :

Je n'ai pas peur de lui, je n'ai peur de personne.

HÉRODIAS :

Si, vous avez peur de lui. Si vous n'aviez pas peur de lui, pourquoi ne pas le livrer aux Juifs, qui depuis six mois vous le demandent ?

UN JUIF :

En effet, Seigneur, il serait mieux de nous le livrer.

HÉRODE :

Assez sur ce point. Je vous ai déjà donné ma réponse. Je ne veux pas vous le livrer. C'est un saint homme, c'est un homme qui a vu Dieu.

UN JUIF :

Cela, c'est impossible, personne n'a vu Dieu depuis le prophète Elie. Lui c'est le dernier qui ait vu Dieu. En ce temps-ci, Dieu ne se montre pas. Il se cache. Et par conséquent il y a de grands malheurs dans le pays.

UN AUTRE JUIF :

Enfin, on ne sait pas si le prophète Elie a réellement vu Dieu. C'était plutôt l'ombre de Dieu qu'il a vue.

UN TROISIÈME JUIF :

Dieu ne se cache jamais. Il se montre toujours et dans toutes choses. Dieu est dans le mal comme dans le bien.

UN QUATRIÈME JUIF :

Il ne faut pas dire cela. C'est une idée très dangereuse. C'est une idée qui vient des écoles d'Alexandrie où l'on enseigne la philosophie grecque. Et les Grecs sont des gentils. Ils ne sont pas même circoncis.

UN CINQUIÈME JUIF :

On ne peut pas savoir comment Dieu agit, ses voies sont très mystérieuses. Peut-être ce que nous appelons le mal est le bien, et ce que nous appelons le bien est le mal. On ne peut rien savoir. Le nécessaire c'est de se soumettre à tout. Dieu est très fort. Il brise en même temps les faibles et les forts. Il n'a aucun souci de personne.

LE PREMIER JUIF :

C'est vrai cela. Dieu est terrible. Il brise les faibles et les forts comme on brise le blé dans un mortier. Mais cet homme n'a jamais vu Dieu. Personne n'a vu Dieu depuis le prophète Elie.

HÉRODIAS :

Faites-les taire. Ils m'ennuient.

HÉRODE :

Mais j'ai entendu dire qu'Iokanaan lui-même est votre prophète Elie.

LE JUIF :

Cela ne se peut pas. Depuis le temps du prophète Elie il y a plus de 300 ans.

HÉRODE :

Il y en a qui disent que c'est le prophète Elie.

UN NAZARÉEN :

Moi, je suis sûr que c'est le prophète Elie.

LE JUIF :

Mais non, ce n'est pas le prophète Elie.

LA VOIX D'IOKANAAN :

Le jour est venu, le jour du Seigneur, et j'entends sur les montagnes, les pieds de Celui qui sera le Sauveur du Monde.

HÉRODE :

Qu'est-ce que cela veut dire? Le Sauveur du Monde.

TIGELLIN :

C'est un titre que prend César.

HÉRODE :

Mais César ne vient pas en Judée. J'ai reçu hier des lettres de Rome. On ne m'a rien dit de cela. Enfin, vous, Tigellin, qui avez été à Rome pendant l'hiver, vous n'avez rien entendu dire de cela?

TIGELLIN :

En effet, Seigneur, je n'en ai pas entendu parler, j'explique seulement le titre. C'est un des titres de César.

HÉRODE :

Il ne peut pas venir, César. Il est goutteux. On dit qu'il a des pieds d'éléphant. Aussi il y a des raisons d'Etat. Celui qui quitte Rome perd Rome. Il ne viendra pas. Mais, enfin, c'est le maître, César, il viendra s'il veut. Mais je ne pense pas qu'il vienne.

LE PREMIER NAZARÉEN :

Ce n'est pas de César que le prophète a parlé, Seigneur.

HÉRODE :

Pas de César ?

LE PREMIER NAZARÉEN :

Non, Seigneur.

HÉRODE :

De qui donc a-t-il parlé ?

UN JUIF :

Le Messie n'est pas venu.

LE PREMIER NAZARÉEN :

Il est venu, il fait des miracles partout.

HÉRODIAS :

Oh ! Oh ! les miracles. Je ne crois pas aux miracles. J'en ai vu trop. (*Au page*). Mon éventail.

LE PREMIER NAZARÉEN :

Cet homme fait de véritables miracles. Ainsi, à l'occasion d'un mariage qui a eu lieu dans une petite ville de Galilée, une ville assez importante, il a changé de l'eau en vin ; des personnes qui étaient là me l'ont dit. Aussi il a guéri deux lépreux qui étaient assis devant la porte de Capharnaüm, seulement en les touchant.

LE SECOND NAZARÉEN :

Non, c'étaient deux aveugles qu'il a guéris à Capharnaüm.

LE PREMIER NAZARÉEN :

Non, c'était des lépreux. Mais il a guéri des aveugles aussi, et on l'a vu sur une montagne, parlant avec des anges.

UN SADUCCÉEN :

Les anges n'existent pas.

UN PHARISIEN :

Les anges existent, mais je ne crois pas que cet homme leur ait parlé.

LE PREMIER NAZARÉEN :

Il a été vu par une foule de personnes, parlant avec des anges.

UN SADUCÉEN :

Pas avec des anges.

HÉRODIAS :

Comme ils m'agacent ces hommes ! Ils sont bêtes. Ils sont tout à fait bêtes. *(Au page)*. Eh bien ! mon éventail ? *(le page lui donne l'éventail.)* Vous avez l'air de rêver. Il ne faut pas rêver. Les rêveurs sont des malades. (*Elle frappe le page avec son éventail*).

LE SECOND NAZARÉEN :

Aussi, il y a le miracle de la fille de Jaïre.

LE PREMIER NAZARÉEN :

Mais oui, c'est très certain cela; on ne peut pas le nier.

HÉRODIAS :

Ces gens-là sont fous. Ils ont trop regardé la lune. Dites-leur de se taire.

HÉRODE :

Qu'est-ce que c'est que cela le miracle de la fille de Jaïre?

LE PREMIER NAZARÉEN :

La fille de Jaïre était morte. Il l'a ressuscitée.

HÉRODE :

Il ressuscite les morts.

LE PREMIER NAZARÉEN :

Oui, Seigneur. Il ressuscite les morts.

HÉRODE :

Je ne veux pas qu'il fasse cela. Je lui défends de faire cela. Je ne permets pas qu'on ressuscite les morts. Il faut chercher cet homme et lui dire que je ne lui permets pas de ressusciter les morts. Où est-il, à présent, cet homme ?

LE SECOND NAZARÉEN :

Il est partout, Seigneur, mais il est très difficile de le trouver.

LE PREMIER NAZARÉEN :

On dit qu'il est en Samarie, à présent.

UN JUIF :

On voit bien que ce n'est pas le Messie, s'il est en Samarie. Ce n'est pas aux Samaritains que le Messie viendra. Les Samaritains sont maudits. Ils n'apportent jamais d'offrandes au temple.

LE SECOND NAZARÉEN :

Il a quitté la Samarie il y a quelques jours; moi, je crois qu'en ce moment-ci il est dans les environs de Jérusalem.

LE PREMIER NAZARÉEN :

Mais non, il n'est pas là, je viens justement d'arriver de Jérusalem. On n'a pas entendu parler de lui depuis deux mois.

HÉRODE :

Enfin, cela ne fait rien ! Mais il faut le trouver et lui dire de ma part que je ne lui permets pas de ressusciter les morts, changer de l'eau en vin, guérir les lépreux et les aveugles... il peut faire tout cela s'il le veut. Je n'ai rien à dire contre cela. En effet, je trouve que guérir les lépreux est une bonne action, mais je ne permets pas qu'il ressuscite les morts. Ce serait terrible si les morts reviennent.

LA VOIX D'IOKANAAN :

Ah ! L'impudique ! La Prostituée ! Ah ! La fille de Babylone avec ses yeux d'or et ses paupières dorées ! Voici ce que dit le Seigneur Dieu. Faites venir contre elle une multitude d'hommes. Que le peuple prenne des pierres et la lapide.

HÉRODIAS :

Faites-le taire !

LA VOIX D'IOKANAAN :

Que les capitaines de guerre la percent de leurs épées, qu'ils l'écrasent sous leurs boucliers.

HÉRODIAS :

Mais, c'est infâme.

LA VOIX D'IOKANAAN :

C'est ainsi que j'abolirai les crimes de dessus la terre et que toutes les femmes apprendront à ne pas imiter les abominations de celle-là.

HÉRODIAS :

Vous entendez ce qu'ils disent contre moi ? Vous le laissez insulter votre épouse ?

HÉRODE :

Il n'a pas dit votre nom.

HÉRODIAS :

Qu'est-ce que cela fait ? Vous savez bien que c'est moi qu'il cherche à insulter. Et je suis votre épouse, n'est-ce pas.

HÉRODE :

Oui, chère et digne Hérodias, vous êtes mon épouse, et vous avez commencé par être l'épouse de mon frère.

HÉRODIAS :

C'est vous qui m'avez arrachée de ses bras.

HÉRODE :

En effet, j'étais le plus fort... mais ne parlons pas de cela. Je ne veux pas parler de cela. C'est à cause de cela que le prophète a dit des mots d'épouvante. Peut-être à cause de cela va-t-il arriver un malheur. N'en parlons pas... noble Hérodias, nous oublions nos convives. Verse-moi à boire, ma bien-aimée. Remplissez de vin les grandes coupes d'argent et les grandes coupes de verre. Je vais boire à la santé de César. Il y a des Romains ici. Il faut boire à la santé de César.

TOUS :

César ! César !

HÉRODE :

Vous ne remarquez pas comme votre fille est pâle.

HÉRODIAS :

Qu'est-ce que cela peut vous faire qu'elle soit pâle ou non ?

HÉRODE :

Jamais je ne l'ai vue si pâle.

HÉRODIAS :

Il ne faut pas la regarder.

LA VOIX D'IOKANAAN :

En ce jour-là le soleil deviendra noir comme un sac de poil, et la lune deviendra comme du sang, et les étoiles du Ciel tomberont sur la Terre comme les figues vertes tombent d'un figuier, et les rois de la terre auront peur.

HÉRODIAS :

Ah ! Ah ! Je voudrais bien voir ce jour dont il parle, où la lune deviendra comme du sang et où les étoiles tomberont sur la terre comme des figues vertes. Ce prophète parle comme un homme ivre... Mais je ne peux pas souffrir le son de sa voix. Je déteste sa voix. Ordonnez qu'il se taise.

HÉRODE :

Mais non. Je ne comprends pas ce qu'il a dit, mais cela peut être un présage.

HÉRODIAS :

Je ne crois pas aux présages. Il parle comme un homme ivre.

HÉRODE :

Peut-être qu'il est ivre du vin de Dieu !

HÉRODIAS :

Quel vin est-ce, le vin de Dieu ? De quelles vignes vient-il ? Dans quel pressoir peut-on le trouver ?

HÉRODE (*il ne quitte plus Salomé du regard*) :

Tigellin, quand tu as été à Rome dernièrement, est-ce que l'empereur t'a parlé au sujet... ?

TIGELLIN :

A quel sujet, Seigneur ?

HÉRODE :

A quel sujet ? Ah ! Je vous ai adressé une question, n'est-ce pas ? J'ai oublié ce que je voulais savoir.

HÉRODIAS :

Vous regardez encore ma fille, il ne faut pas la regarder. Je vous ai déjà dit cela.

HÉRODE :

Vous ne dites que cela.

HÉRODIAS :

Je le redis.

HÉRODE :

Et la restauration du temple dont on a tant parlé ? Est-ce qu'on va faire quelque chose ? On dit, n'est-ce pas, que le voile du sanctuaire a disparu ?

HÉRODIAS :

C'est toi qui l'as pris. Tu parles à tort et à travers. Je ne veux pas rester ici. Rentrons.

HÉRODE :

Salomé, dansez pour moi.

HÉRODIAS :

Je ne veux pas qu'elle danse.

SALOMÉ :

Je n'ai aucune envie de danser, tétrarque.

HÉRODE :

Salomé, fille d'Hérodias, dansez pour moi.

HÉRODIAS :

Laissez-la tranquille.

HÉRODE :

Je vous ordonne de danser, Salomé.

SALOMÉ :

Je ne danserai pas, tétrarque.

HÉRODIAS (*riant*) :

Voilà comment elle vous obéit !

HÉRODE :

Qu'est-ce que cela me fait qu'elle danse ou non ? Cela ne me fait rien. Je suis heureux ce soir. Je suis très heureux. Jamais je n'ai été si heureux.

LE PREMIER SOLDAT :

Il a l'air sombre le tétrarque. N'est-ce pas qu'il a l'air sombre ?

LE SECOND SOLDAT :

Il a l'air sombre.

HÉRODE :

Pourquoi ne serais-je pas heureux? César, qui est le maître du monde, qui est le maître de tout, m'aime beaucoup. Il vient de m'envoyer des cadeaux de grande valeur. Aussi il m'a promis de citer à Rome le roi de Cappadoce qui est mon ennemi. Peut-être à Rome il le crucifiera. Il peut me faire tout ce qu'il veut, César. Enfin, il est le maître. Ainsi vous voyez, j'ai le droit d'être heureux. Au fait, je le suis. Je n'ai jamais été si heureux. Il n'y a rien au monde qui puisse me gâter mon plaisir.

LA VOIX D'IOKANAAN :

Il sera assis sur son trône. Il sera vêtu de pourpre et d'écarlate. Dans sa main il portera un vase d'or plein de ses blasphèmes et l'ange du Seigneur Dieu le frappera. Il sera mangé des vers.

HÉRODIAS :

Vous entendez ce qu'il dit de vous. Il dit que vous serez mangé des vers.

HÉRODE :

Ce n'est pas de moi qui parle. Il ne dit jamais rien

contre moi. C'est du roi de Cappadoce qu'il parle, du roi de Cappadoce qui est mon ennemi. C'est celui-là qui sera mangé des vers; ce n'est pas moi. Jamais il n'a rien dit contre moi, le prophète, sauf que j'ai eu tort de prendre comme épouse l'épouse de mon frère. Peut-être a-t-il raison. En effet, vous êtes stérile.

HÉRODIAS :

Je suis stérile, moi. Et vous dites cela, vous qui regardez toujours ma fille, vous qui avez voulu la faire danser pour votre plaisir. C'est ridicule de dire cela. Moi j'ai eu un enfant. Vous n'avez jamais eu d'enfant même d'une de vos esclaves; c'est vous qui êtes stérile, ce n'est pas moi.

HÉRODE :

Taisez-vous. Je vous dit que vous êtes stérile. Vous ne m'avez pas donné d'enfant, et le prophète dit que notre mariage n'est pas un vrai mariage. Il dit que c'est un mariage incestueux, un mariage qui apportera des malheurs... j'ai peur qu'il n'ait raison. Je suis sûr qu'il a raison. Mais ce n'est pas le moment de parler de ces choses. En ce moment-ci, je veux être heureux. Au fait je le suis. Je suis très heureux. Il n'y a rien qui me manque.

HÉRODIAS :

Je suis bien contente que vous soyez de si belle humeur, ce soir. Ce n'est pas dans vos habitudes. Mais il est tard. Rentrons. Vous n'oubliez pas qu'au lever du soleil, nous allons tous à la chasse. Aux Ambassadeurs de César, il faut faire tout honneur, n'est-ce pas ?

LE SECOND SOLDAT :

Comme il a l'air sombre, le tétrarque.

LE PREMIER SOLDAT :

Oui, il a l'air sombre.

HÉRODE :

Salomé, Salomé, dansez pour moi. Je vous supplie de danser pour moi. Ce soir je suis triste. Oui, je suis très triste ce soir. Quand je suis entré ici, j'ai glissé dans le sang, ce qui est d'un mauvais présage, et j'ai entendu, je suis sûr que j'ai entendu un battement d'ailes dans l'air, un battement d'ailes gigantesque. Je ne sais pas ce que cela veut dire... Je suis triste ce soir. Ainsi dansez pour moi. Dansez pour moi, Salomé, je vous supplie. Si vous dansez pour moi, vous pourrez me demander tout ce que vous voudrez et je vous le donnerai. Oui, dansez pour moi,

Salomé, je vous donnerai tout ce que vous me demanderez, fût-ce la moitié de mon royaume.

SALOMÉ (*se levant*) :

Vous me donnerez tout ce que je vous demanderai, tétrarque?

HÉRODIAS :

Ne dansez pas, ma fille.

HÉRODE :

Tout, fût-ce la moitié de mon royaume.

SALOMÉ :

Vous le jurez, tétrarque ?

HÉRODE :

Je le jure, Salomé.

HÉRODIAS :

Ma fille, ne dansez pas.

SALOMÉ :

Sur quoi jurez-vous, tétrarque ?

HÉRODE :

Sur ma vie, sur ma couronne, sur mes dieux. Tout

ce que vous voudrez, je vous le donnerai, fût-ce la moitié de mon royaume, si vous dansez pour moi. Oh! Salomé, Salomé, dansez pour moi.

SALOMÉ :

Vous avez juré, tétrarque.

HÉRODE :

J'ai juré, Salomé.

SALOMÉ :

Tout ce que je vous demanderai, fût-ce la moitié de votre royaume?

HÉRODIAS :

Ne dansez pas, ma fille.

HÉRODE :

Fût-ce la moitié de mon royaume. Comme reine, tu serais très belle, Salomé, s'il te plaisait de demander la moitié de mon royaume. N'est-ce pas qu'elle serait très belle comme reine?... Ah! Il fait froid ici! Il y a un vent très froid, et j'entends... pourquoi est-ce que j'entends dans l'air ce battement d'ailes? Oh! on dirait qu'il y a un oiseau, un grand oiseau noir, qui plane sur la terrasse. Pourquoi est-ce que je ne peux pas le voir cet oiseau ? Le battement de ses ailes est terrible. C'est un vent froid... Mais non, il ne fait pas froid du tout. Au contraire, il fait très chaud. Il fait très chaud. J'étouffe. Versez-moi de l'eau sur les mains. Donnez-moi de la neige à manger. Dégrafez mon manteau. Vite, vite, dégrafez mon manteau... Non. Laissez-le. C'est ma couronne qui me fait mal, ma couronne de roses. On dirait que ces fleurs sont faites de feu. Elles ont brûlé mon front. (*Il arrache de sa tête la couronne et la jette sur la table*). Ah! Enfin, je respire. Comme ils sont rouges ces pétales ! On dirait des taches de sang sur la nappe. Cela ne fait rien. Il ne faut pas trouver des symboles dans chaque chose qu'on voit. Cela rend la vie impossible. Il serait mieux de dire que les taches de sang sont aussi belles que les pétales de roses. Il serait beaucoup mieux de dire cela... Mais ne parlons pas de cela. Maintenant je suis heureux. Je suis très heureux. J'ai le droit d'être heureux, n'est-ce pas ? Votre fille va danser pour moi. N'est-ce pas que vous allez danser pour moi, Salomé ? Vous avez promis de danser pour moi.

HÉRODIAS :

Je ne veux pas qu'elle danse.

SALOMÉ :

Je danserai pour vous, tétrarque.

HÉRODE :

Vous entendez ce que dit votre fille. Elle va danser pour moi. Vous avez bien raison, Salomé, de danser pour moi. Et, après que vous aurez dansé, n'oubliez pas de me demander tout ce que vous voudrez. Tout ce que vous voudrez je vous le donnerai, fût-ce la moitié de mon royaume, j'ai juré, n'est-ce pas ?

SALOMÉ :

Vous avez juré, tétrarque.

HÉRODE :

Et je n'ai jamais manqué à ma parole. Je ne suis pas de ceux qui manquent à leur parole. Je ne sais pas mentir. Je suis l'esclave de ma parole, et ma parole, c'est celle d'un roi. Le roi de Cappadoce ment toujours, mais ce n'est pas un vrai roi. C'est un lâche. Aussi il me doit de l'argent qu'il ne veut pas payer, il a même insulté mes ambassadeurs. Il a dit des choses très blessantes. Mais César le crucifiera quand il viendra à Rome. Je suis sûr que César le crucifiera. Sinon il mourra mangé des vers. Le prophète l'a prédit. Eh bien ! Salomé, qu'attendez-vous ?

SALOMÉ :

J'attends que mes esclaves m'apportent des parfums et les sept voiles, et m'ôtent mes sandales.

(Les esclaves apportent des parfums et les sept voiles et ôtent les sandales de Salomé).

HÉRODE :

Ah ! Vous allez danser les pieds nus ! C'est bien ! C'est bien ! Vos petits pieds seront comme des colombes blanches. Ils ressembleront à des petites fleurs blanches qui dansent sur un arbre. Ah ! Non. Elle va danser dans le sang ! Il y a du sang par terre. Je ne veux pas qu'elle danse dans le sang. Ce serait d'un très mauvais présage.

HÉRODIAS :

Qu'est-ce que cela vous fait qu'elle danse dans le sang ? Vous avez bien marché dedans, vous...

HÉRODE :

Qu'est-ce que cela me fait ? Ah ! regardez la lune ! Elle est devenue rouge. Elle est devenue rouge comme du sang. Ah ! Le prophète l'a bien prédit. Il a prédit que la lune deviendrait rouge comme du sang. N'est-ce pas qu'il a prédit cela ? Vous l'avez tous entendu. La lune est devenue rouge comme du sang. Ne le voyez-vous pas ?

HÉRODIAS :

Je le vois bien, et les étoiles tombent comme des figues vertes, n'est-ce pas ? Et le soleil devient noir comme un sac de poil, et les rois de la terre ont peur. Cela au moins on le voit. Pour une fois dans sa vie le prophète a eu raison. Les rois de la terre ont peur. Enfin, rentrons. Vous êtes malade. On va dire à Rome que vous êtes fou. Rentrons, je vous dis.

LA VOIX D'IOKANAAN :

Qui est celui qui vient d'Edom, qui vient de Bosra avec sa robe teinte de pourpre, qui éclate dans la beauté de ses vêtements, et qui marche avec une force toute-puissante ? Pourquoi vos vêtements sont-ils teints d'écarlate ?

HÉRODIAS :

Rentrons. La voix de cet homme m'exaspère. Je ne veux pas que ma fille danse pendant qu'il crie comme cela. Je ne veux pas qu'elle danse pendant que vous la regardez comme cela. Enfin, je ne veux pas qu'elle danse.

HÉRODE :

Ne te lève pas, mon épouse, ma reine, c'est inutile. Je ne rentrerai pas avant qu'elle ait dansé. Dansez, Salomé, dansez pour moi.

HÉRODIAS :

Ne dansez pas, ma fille.

SALOMÉ :

Je suis prête, tétrarque.

(*Salomé danse la danse des sept voiles*).

HÉRODE :

Ah ! c'est magnifique, c'est magnifique ! vous voyez qu'elle a dansé pour moi, votre fille. Approchez, Salomé ? Approchez, afin que je puisse vous donner votre salaire. Ah ! Je paie bien les danseuses, moi. Toi, je te paierai bien. Je te donnerai tout ce que tu voudras. Que veux-tu, dis ?

SALOMÉ (*s'agenouillant*) :

Je veux qu'on m'apporte présentement dans un bassin d'argent...

HÉRODE (*riant*) :

Dans un bassin d'argent ? mais oui, dans un bassin d'argent, certainement. Elle est charmante, n'est-ce pas ? Qu'est-ce que vous voulez qu'on vous apporte dans un bassin d'argent, ma chère et belle Salomé, vous qui êtes la plus belle de toutes les filles de Judée ! Qu'est-ce que vous voulez qu'on vous apporte dans un bassin d'argent ! Dites-moi. Quoi que cela puisse être on vous le donnera. Mes trésors vous appartiennent. Qu'est-ce que c'est, Salomé ?

SALOMÉ (*se levant*) :

La tête d'Iokanaan.

HÉRODIAS :

Ah ! c'est bien dit, ma fille.

HÉRODE :

Non, non.

HÉRODIAS :

C'est bien dit, ma fille.

HÉRODE :

Non, non, Salomé. Vous ne me demanderez pas cela. N'écoutez pas votre mère. Elle vous donne toujours de mauvais conseils. Il ne faut pas l'écouter.

SALOMÉ :

Je n'écoute pas ma mère. C'est pour mon propre plaisir que je demande la tête d'Iokanaan dans un bassin d'argent. Vous avez juré, Hérode. N'oubliez pas que vous avez juré.

HÉRODE :

Je le sais. J'ai juré par mes dieux. Je le sais bien. Mais je vous supplie, Salomé, de me demander autre chose, demandez-moi la moitié de mon royaume, je vous la donnerai. Mais ne me demandez pas ce que vous m'avez demandé.

SALOMÉ :

Je vous demande la tête d'Iokanaan.

HÉRODE :

Non, non, je ne veux pas.

SALOMÉ :

Vous avez juré, Hérode.

HÉRODIAS :

Oui, vous avez juré. Tout le monde vous a entendu. Vous avez juré devant tout le monde.

HÉRODE :

Taisez-vous. Ce n'est pas à vous que je parle.

HÉRODIAS :

Ma fille a bien raison de demander la tête de cet

homme. Il a vomi des insultes contre moi. Il a dit des choses monstrueuses contre moi. On voit qu'elle aime beaucoup sa mère. Ne cédez-pas, ma fille. Il a juré, il a juré.

HÉRODE :

Taisez-vous. Ne me parlez pas... Voyons, Salomé, il faut être raisonnable, n'est-ce pas? N'est-ce pas qu'il faut être raisonnable? Je n'ai jamais été dur envers vous. Je vous ai toujours aimée... Peut-être, je vous ai trop aimée. Ainsi, ne me demandez pas cela. C'est horrible, c'est épouvantable de me demander cela. Au fond, je ne crois pas que vous soyez sérieuse. La tête d'un homme décapité, c'est une chose laide, n'est-ce pas? Ce n'est pas une chose qu'une vierge doit regarder. Quel plaisir cela pourrait-il vous donner? Aucun. Non, non, vous ne voulez pas cela... Ecoutez-moi un instant. J'ai une émeraude, une grande émeraude ronde que le favori de César m'a envoyée. Si vous regardiez à travers cette émeraude, vous pourriez voir des choses qui se passent à une distance immense. César lui-même en porte une tout à fait pareille quand il va au cirque. Mais la mienne est plus grande. C'est la plus grande émeraude du monde. N'est-ce pas que vous voulez cela? Demandez-moi cela et je vous le donnerai.

SALOMÉ :

Je demande la tête d'Iokanaan.

HÉRODE :

Vous ne m'écoutez pas, vous ne m'écoutez pas. Enfin, laissez-moi parler, Salomé.

SALOMÉ :

La tête d'Iokanaan.

HÉRODE :

Non, non, vous ne voulez pas cela. Vous me dites cela seulement pour me faire de la peine, parce que je vous ai regardée pendant toute la soirée. Eh bien ! oui. Je vous ai regardée pendant toute la soirée. Votre beauté m'a troublé. Votre beauté m'a terriblement troublé et je vous ai trop regardée. Mais je ne le ferai plus. Il ne faut regarder ni les choses ni les personnes. Il ne faut regarder que dans les miroirs. Car les miroirs ne vous montrent que des masques... Oh! oh! du vin! j'ai soif... Salomé, Salomé, soyons amis. Enfin, voyez... qu'est-ce que je voulais dire? Qu'est-ce que c'était? Ah ! je m'en souviens!... Salomé! Non venez plus près de moi. J'ai peur que vous ne m'entendiez pas... Salomé, vous connaissez mes paons blancs, mes beaux paons blancs, qui se promènent dans le jardin entre les myrtes et les grands cyprès. Leurs becs sont dorés, et les grains qu'ils mangent sont dorés aussi, et leurs pieds sont teints de pourpre. La pluie vient quand ils crient et quand ils se pavanent la lune se montre au ciel. Ils vont deux à deux entre les cyprès et les myrtes noirs et chacun a son esclave pour le soigner. Quelquefois, ils volent à travers les arbres, et quelquefois ils couchent sur le gazon et autour de l'étang. Il n'y a pas dans le monde d'oiseaux si merveilleux. Il n'y a aucun roi du monde qui possède des oiseaux aussi merveilleux. Je suis sûr que même César ne possède pas d'oiseaux aussi beaux. Eh bien! je vous donnerai cinquante de mes paons. Ils vous suivront partout, et, au milieu d'eux, vous serez comme la lune dans un grand nuage blanc. Je vous les donnerai tous, je n'en ai que cent, et il n'y a aucun roi du monde qui possède des paons comme les miens, mais je vous les donnerai tous. Seulement, il faut me délier de ma parole et ne pas me demander ce que vous m'avez demandé. *(Il vide la coupe de vin)*.

SALOMÉ :

Donnez-moi la tête d'Iokanaan.

HÉRODIAS :

C'est bien dit, ma fille; vous, vous êtes ridicule avec vos paons.

HÉRODE :

Taisez-vous. Vous criez toujours. Vous criez comme une bête de proie. Il ne faut pas crier comme cela. Votre voix m'ennuie. Taisez-vous, je vous dis... Salomé, pensez à ce que vous faites. Cet homme vient peut-être de Dieu. Je suis sûr qu'il vient de Dieu. C'est un saint homme. Le doigt de Dieu l'a touché. Dieu a mis dans sa bouche des mots terribles. Dans le palais, comme dans le désert, Dieu est toujours avec lui... Au moins, c'est possible. On ne sait pas, mais il est possible que Dieu soit pour lui et avec lui. Aussi peut-être que, s'il mourait, il m'arriverait un malheur. Enfin, il a dit que le jour où il mourrait il arriverait un malheur à quelqu'un. Ce ne peut être qu'à moi. Souvenez-vous, j'ai glissé dans le sang quand je suis entré ici. Aussi j'ai entendu un battement d'ailes dans l'air, un battement d'ailes gigantesque. Ce sont de très mauvais présages. Et il y en avait d'autres. Je suis sûr qu'il y en avait d'autres, quoique je ne les aie pas vus. Eh bien! Salomé, vous ne voulez pas qu'un malheur m'arrive! Vous ne voulez pas cela. Enfin, écoutez-moi.

SALOMÉ :

Donnez-moi la tête d'Iokanaan.

HÉRODE :

Vous voyez, vous ne m'écoutez pas. Mais soyez calme. Moi, je suis très calme. Je suis tout à fait calme. Ecoutez. J'ai des bijoux cachés ici que même votre mère n'a jamais vus, et des bijoux tout à fait extraordinaires. J'ai un collier de perles à quatre rangs. On dirait des lunes enchaînées de rayons d'argent. On dirait cinquante lunes captives dans un filet d'or. Une reine l'a porté sur l'ivoire de ses seins. Toi, quand tu le porteras, tu seras aussi belle qu'une reine. J'ai des améthystes de deux espèces. Une qui est noire comme le vin. L'autre qui est rouge comme du vin qu'on a coloré avec de l'eau. J'ai des topazes jaunes comme les yeux des tigres, et des topazes roses comme les yeux des pigeons, et des topazes vertes comme les yeux des chats. J'ai des opales qui brûlent toujours avec une flamme qui est très froide, avec des opales qui attristent les esprits et ont peur des ténèbres. J'ai des onyx semblables aux prunelles d'une morte. J'ai des sélénites qui changent quand la lune change et deviennent pâles quand elles voient le soleil. J'ai des saphirs grands comme des œufs et bleus comme des fleurs bleues. La mer erre dedans et la lune ne vient jamais troubler le bleu de ses flots. J'ai des chrysolithes et des béryls, j'ai des chrysoprases et des rubis, j'ai des sardonyx et des hyacinthes, et des calédoines, je vous les donnerai tous, mais tous, et j'ajouterai d'autres choses. Le roi des Indes vient justement de m'envoyer quatre éventails faits de plumes de perroquets et le roi de Numidie une robe faite de plumes d'autruche. J'ai un crystal qu'il n'est pas permis aux femmes de voir et que même les jeunes hommes ne doivent regarder qu'après avoir été flagellés de verges. Dans un coffret de nacre, j'ai trois turquoises merveilleuses. Quand on les porte sur le front on peut imaginer des choses qui n'existent pas, et quand on les porte dans la main on peut rendre les femmes stériles. Ce sont des trésors de grande valeur. Ce sont des trésors sans prix. Et ce n'est pas tout. Dans un coffret d'ébène, j'ai deux coupes d'ambre qui ressemblent à des pommes d'or. Si un ennemi verse du poison dans ces coupes elles deviennent comme des pommes d'argent. Dans un coffret incrusté d'ambre j'ai des sandales incrustées de verre. J'ai des manteaux qui viennent du pays des Sères et des bracelets garnis d'escarboucles et de jade qui viennent de la ville d'Euphrate... Enfin, que veux-tu Salomé? Dis-moi ce que tu désires et je te le donnerai? Je te donnerai tout ce que tu demanderas. Sauf une chose. Je te donnerai tout ce que je possède, sauf une vie. Je te donnerai le manteau du grand prêtre. Je te donnerai le voile du sanctuaire.

LES JUIFS :

Oh ! Oh !

SALOMÉ :

Donne-moi la tête d'Iokanaan.

HÉRODE (*s'affaissant sur son siège*) :

Qu'on lui donne ce qu'elle demande ! C'est bien la fille de sa mère. (*Le premier soldat s'approche ; Hérodias prend de la main du tétrarque la bague de la mort et la donne au soldat qui l'apporte immédiatement au bourreau. Le bourreau a l'air effaré*). Qui a pris ma bague ? Il y avait une bague à ma main droite. Qui a bu mon vin ? Il y avait du vin dans ma coupe. Elle était pleine de vin. Quelqu'un l'a bu ? Oh ! je suis sûr qu'il va arriver un malheur à quelqu'un. (*Le bourreau descend dans la citerne*). Ah ! pourquoi ai-je donné ma parole ? Les rois ne doivent jamais donner parole. S'ils ne la gardent pas, c'est terrible. S'ils la gardent, c'est terrible aussi.

HÉRODIAS :

Je trouve que ma fille a bien fait.

HÉRODE :

Je suis sûr qu'il va arriver un malheur.

SALOMÉ (*Elle se penche sur la citerne et écoute*) :

Il n'y a pas de bruit. Je n'entends rien. Pourquoi

ne crie-t-il pas, cet homme? Ah! si quelqu'un cherchait à me tuer, je crierais, je me débattrais, je ne voudrais pas souffrir... Frappe, frappe, Naaman, frappe, je te dis... Non. Je n'entends rien. Il y a un silence affreux. Ah! quelque chose est tombé par terre. C'était l'épée du bourreau. Il a peur, cet esclave. Il a laissé tomber son épée. Il n'ose pas le tuer. C'est un lâche, cet esclave! Il faut envoyer des soldats. *(Elle voit le page d'Hérodias et s'adresse à lui)*. Viens ici, tu as été l'ami de celui qui est mort, n'est-ce pas? Eh bien, il n'y a pas eu assez de morts. Dites aux soldats qu'ils descendent et m'apportent ce que je demande, ce que le tétrarque m'a promis, ce qui m'appartient. *(Le page recule. Elle s'adresse aux soldats)*. Venez ici soldats. Descendez dans cette citerne, et apportez-moi la tête de cet homme. *(Les soldats reculent)*. Tétrarque, tétrarque, commandez à vos soldats de m'apporter la tête d'Iokanaan. *(Un grand bras noir, le bras du bourreau, sort de la citerne apportant sur un bouclier d'argent la tête d'Iokanaan. Salomé la saisit. Hérode se cache la tête dans son manteau. Hérodias sourit et s'évente. Les Nazaréens s'agenouillent et commencent à prier)*. Ah! tu n'as pas voulu me laisser baiser ta bouche, Iokanaan. Eh bien! je la baiserai maintenant. Je la morderai avec mes dents comme on mord un fruit mûr. Oui, je baiserai ta bouche, Iokanaan. Je te l'ai dit, n'est-ce pas? Je te l'ai dit? Eh bien! je la baiserai, maintenant. Mais pourquoi ne me regardes-tu pas, Iokanaan ? Tes yeux qui étaient si terribles, qui étaient si pleins de colère et de mépris, ils sont fermés maintenant. Pourquoi sont-ils fermés ? Ouvre tes yeux ! Soulève tes paupières, Iokanaan. Pourquoi ne me regardes-tu pas ? As-tu peur de moi, Iokanaan, que tu ne veux pas me regarder ?... Et ta langue qui était comme un serpent rouge dardant des poisons, elle ne remue plus, elle ne dit rien maintenant, Iokanaan, cette vipère rouge qui a vomi son venin sur moi. C'est étrange, n'est-ce pas ? Comment se fait-il que la vipère rouge ne remue plus ? Tu n'as pas voulu de moi, Iokanaan. Tu m'as rejetée. Tu m'as dit des choses infâmes. Tu m'as traitée comme une courtisane, comme une prostituée, moi, Salomé, fille d'Hérodias, Princesse de Judée ! Eh bien, Iokanaan, moi je vis encore, mais toi, tu es mort et ta tête m'appartient. Je puis en faire ce que je veux. Je puis la jeter aux chiens et aux oiseaux de l'air. Ce que laisseront les chiens, les oiseaux de l'air le mangeront... Ah ! Iokanaan ! Iokanaan, tu as été le seul homme que j'aie aimé. Tous les autres hommes m'inspirent du dégoût. Mais toi, tu étais beau. Ton corps était une colonne d'ivoire sur un socle d'argent. C'était un jardin plein de colombes et de lys d'argent. C'était une tour d'argent ornée de boucliers d'ivoire. Il n'y avait rien au monde d'aussi blanc que ton corps. Il n'y avait rien au monde d'aussi noir que tes cheveux. Dans le monde tout entier il n'y avait rien d'aussi rouge que ta bouche. Ta voix était un encensoir qui répandait d'étranges parfums et quand je te regardais, j'entendais une musique étrange! Ah! pourquoi ne m'as-tu pas regardée, Iokanaan? Derrière tes mains et tes blasphèmes, tu as caché ton visage. Tu as mis sur tes yeux le bandeau de celui qui veut voir son Dieu. Eh bien, tu l'as vu ton Dieu, Iokanaan, mais moi, moi, tu ne m'as jamais vue. Si tu m'avais vue, tu m'aurais aimée. Moi, je t'ai vu, Iokanaan, et je t'ai aimé. Oh! comme je t'ai aimé! Je t'aime encore, Iokanaan. Je n'aime que toi. J'ai soif de ta beauté. J'ai faim de ton corps. Et ni le vin, ni les fruits ne peuvent apaiser mon désir. Que ferai-je, Iokanaan, maintenant? Ni les fleuves, ni les grandes eaux ne pourraient éteindre ma passion. J'étais une Princesse, tu m'as dédaignée. J'étais une vierge, tu m'as déflorée. J'étais chaste, tu as rempli mes veines de feu... Ah! Ah! pourquoi ne m'as-tu pas regardée, Iokanaan? Si tu m'avais regardée tu m'aurais aimée. Je sais bien que tu m'aurais aimée, et le mystère de l'amour est plus grand que le mystère de la mort. Il ne faut regarder que l'amour.

HÉRODE :

Elle est monstrueuse ta fille, elle est tout à fait

monstrueuse. Enfin, ce qu'elle a fait est un grand crime. Je suis sûr que c'est un crime contre un Dieu inconnu.

HÉRODIAS :

J'approuve ce que ma fille a fait et je veux rester ici maintenant.

HÉRODE (*se levant*) :

Ah ! l'épouse incestueuse qui parle ! Viens ! Je ne veux pas rester ici. Viens, je te dis. Je suis sûr qu'il va arriver un malheur. Manassé, Issachar, Ozias, éteignez les flambeaux. Je ne veux pas regarder les choses, je ne veux pas que les choses me regardent. Eteignez les flambeaux. Cachez la lune. Cachez les étoiles. Cachons-nous dans notre palais, Hérodias. Je commence à avoir peur.

(*Les esclaves éteignent les flambeaux. Les étoiles disparaissent. Un grand nuage noir passe à travers la lune et la cache complètement. La scène devient tout à fait sombre. Le tétrarque commence à monter l'escalier*).

LA VOIX DE SALOMÉ :

Ah ! j'ai baisé ta bouche, Iokanaan, j'ai baisé ta bouche. Il y avait une âcre saveur sur tes lèvres. Est-ce la saveur du sang ?... Mais peut-être est-ce la saveur de l'amour. On dit que l'amour a une âcre saveur. Mais qu'importe? Qu'importe? J'ai baisé ta bouche, Iokanaan, j'ai baisé ta bouche.

(*Un rayon de lune tombe sur Salomé et l'éclaire*).

HÉRODE (*se retournant et voyant Salomé*) :

Tuez cette ſemme.

(*Les soldats s'élancent et écrasent sous leurs boucliers Salomé, fille d'Hérodias, Princesse de Judée*).

FIN.

Alençon. — Imprimerie Vve Félix GUY et Cie.

www.ingramcontent.com/pod-product-compliance
Ingram Content Group UK Ltd.
Pitfield, Milton Keynes, MK11 3LW, UK
UKHW021005200726
13857UKWH00004B/1275